穿靴子的猫
彼得·潘
绿野仙踪
爱丽丝梦游仙境
红发安妮
丛林之书

名著岛
亨塞尔与格莱特
王子与乞丐
海的女儿
美女与怪兽
木偶奇遇记
格列佛游记

魔法图书馆
涂色画

加嘉工作室［韩］智逌莉 著 ［韩］李景姬 绘 赵英来 译

魔法图书馆

跟着格列佛大冒险

海峡出版发行集团
海峡文艺出版社

前情提要
每当作家用心创作出一部妙趣横生的作品时，
幻想王国中就会诞生与作品相应的故事王国。
人们所知道的故事中的主人公，也都
生活在幻想王国相应的故事王国之中。

打败黑魔法师后，托尼因诅咒解除得以恢复原貌，魔法图书馆也恢复了平静。许多孩子爱上阅读，成为新一批旅行者。

书籍被读得多了，容易破损。在魔法世界里，有一个库珀岛，专门处理报废图书。而那儿处理报废图书的办法，是让库珀们吃掉。

这可是一项严谨的工作，如果这一环节出了错，库珀们吃了未经处理的不是报废图书上的文字的话，相应的故事王国就得生出乱子了。

主要人物

甘妮和尼妮

以旅行者的身份造访了《格列佛游记》里的大人国（布罗卜丁奈格）与飞岛国（勒皮他），碰到了许多稀奇古怪的事情，也遇到了各种困难。经历这次冒险，姐妹俩认识到世界上最好的地方就是家。

多多

在寒冷的库珀岛上以吃冰冻物品为生的雪怪之一。读书时，偷偷吞吃了《格列佛游记》中的重要词汇，因而穿越到甘妮和尼妮家。他是个小淘气，活泼可爱。

克拉

甘妮和尼妮在大人国遇到的小女孩。她把甘妮和尼妮当作是会动的娃娃。

叽叽鲁兹

住在克拉家附近的小老鼠，给甘妮、尼妮和多多提供了很多帮助。

库利奥斯·戴乌斯

甘妮和尼妮在飞岛国遇到的少年。他总是戴着头盔，用长长的披肩裹住全身。

目录

引子 淘气包多多
嗯
嗨！我是多多！
天啊……竟然有库珀能穿梭到现实世界！
库珀怎么会在这里？
这到底是怎么一回事儿！
还是先问问托尼吧！
真的吗？库珀怎么会出现在你们家？
戳一戳
你好！
我联系一下库珀岛看看。
片刻后
自从你突然消失后，大家到处找你……
你原来是嘟嘟的弟弟啊？

嘟嘟说，他在给多多读《格列佛游记》的时候，稍微离开了一会儿，回来后多多就不见了。
你在库珀岛上读了一本书，是吧？
是啊，让我给吃了。
你吃了书中的文字？运往库珀岛的是要被销毁的书籍，吃了应该没关系吧？
可真好吃啊！
是啊，他也不可能吃了知识场图书馆里的原稿啊。
这到底是怎么回事？
先带他来图书馆吧。我们得赶紧将多多送回库珀岛。
送回去……

不要！不要！
我也要像哥哥一样去冒险！冒险！
托尼，能不能让多多先参观一下这里？
放心吧。我们会把他安全地送回去的。
嗯……
知道了。但是时间不能太久啊！
好的！

多多，允许你暂时留在这里了！我们一起去外面看看吧！
呦吼！
那我们准备准备出发吧。
穿我的衣服怎么样？
多多？
多多，停下来！别闹了！

第一章　无聊的商场

甘妮和尼妮拿出一大堆衣服，想把多多打扮得漂亮一点，可多多总是动来动去，一刻也不停歇。姐妹俩费了九牛二虎之力也没给他穿戴好。

疲惫的尼妮扔掉手里的围巾，说：“干脆就这么出去吧！也没有必要隐藏多多的身份啊。人们看到多多又能怎么样呢？顺便拍个照上传到网络，也许还能出名呢！”

多多看着尼妮，眨巴着大眼睛，天真地询问：“出名？那是什么？”

“出名的意思就是，出门大家都认识你。那感觉一定很不错，也可能有些累！”尼妮回答道。

“我不喜欢累！”多多突然发现摇头是个很有趣的事情，于是疯狂地摇来晃去，直至帽子被甩掉为止。

“呼！给多多穿衣服比给小狗棉花糖穿衣服累十倍不止。我放弃了！”尼妮长叹一口气。

尼妮打了退堂鼓，甘妮换了一种方式，耐心地哄着多多：“多多，你不想跟我们去逛一逛吗？”

“我想去逛！去很多很多地方！”多多眨了眨圆滚滚的眼睛，使劲儿点了点头。

甘妮对多多说：“好！那我们玩一个游戏。从现在开始一分钟，你被冻成冰块了！”

多多听了玩心大起，乖乖照做了。

在多多一动不动的一分钟里，甘妮和尼妮赶紧给他穿好衣服，再给他披上大衣，帽子压紧，还给他戴上了口罩。最后穿上靴子，多多看起来就像个裹得严严实实的小朋友。

甘妮一边给多多戴上保暖耳套，一边说："幸亏现在天气冷，就算捂得严严实实的，也不会有人觉得奇怪。"

甘妮和尼妮也赶紧套上外衣，站在多多两侧，一人抓紧他的一只手，三人就这样一起出门了。

"多多，绝对不可以一个人到处乱走，明白了吗？"

"在这里迷路的话，真的会出大事儿的。被别人发现也不行，知道了吗？"

一路上，甘妮和尼妮一直在提醒，但多多东张西望，眼睛根本看不过来，完全没有听进去。

终于走到了商场门前。多多抬头看了看高耸的大楼，不由自主地喊出声："哇，这里有四边形的山！"

尼妮扑哧一笑，说："多多，那不是山而是建筑物。走进里面，你会发现有很多好看好玩的。我们快进去吧。"

"太棒了！快进去吧！"多多紧握着姐妹俩的手，兴奋地直跳脚。

多多看起来十分可爱，对一切事物都充满好奇。姐妹俩都被他给逗笑了。

多多几乎跑着进了商场。可是，刚进入商场他就立刻捂住鼻子，露出了怪异的表情。尼妮看着多多的反常行为着实一头雾水。

“可能是因为化妆品的味道。我每次经过化妆品专柜的时候，也会被浓烈的味道熏得头昏脑涨的。”甘妮很快就发现了问题所在。

“啊！有这个可能，而且多多是第一次闻到这种味道。我们快点离开这里吧！”尼妮恍然大悟。

甘妮和尼妮赶紧带着多多离开了化妆品专区。走出一段距离后，多多果然松开了捂着鼻子的手。

好臭的味道！

不臭啊！这是化妆品的味道。现在是因为各种香味混合在一起，所以才这样。如果分开来的话，味道还是不错的。

我带了护手霜，多多，你闻闻这个香味怎么样？

多多没有回答，而是皱起了眉头。姐妹俩看了看多多，又交换了一下眼神，心照不宣地把多多带到了玩具区。

到达玩具柜台后，尼妮便张开了双臂自信满满地说："多多不喜欢化妆品，但一定会喜欢玩具的！"

"多多，看这个！这个毛绒玩具是不是和你很像？那是机器人和玩具汽车。你喜欢汽车吗？要不要看看这里的过家家游戏套装？这里还有医院游戏套装和便利店游戏套装。"尼妮开始给多多介绍起各种玩具，讲解得简直比售货员还仔细。

多多跟在尼妮的后面，听着她滔滔不绝的介绍，没过多久就对玩具失去了兴趣。在多多眼里，这些玩具种类也太多了，玩法看起来也很复杂。在库珀岛，只要有白雪和朋友，多多就能玩得很开心。雪可以做成城堡，也可以堆雪人，还能打雪仗……完全不需要了解各种说明。

漫不经心地逛着玩具柜台的多多，突然拿起了一个盒子。

甘妮温柔地询问："多多，你喜欢吗？要不要给你买？"

"太好了，多多终于找到喜欢的玩具啦，姐姐。"尼妮拍手道。

在甘妮确认价目表的时候，多多又从旁边搬出一个箱子，紧接着又搬出一个。

"多多，买不了这么多呀，我们的零花钱不够了。"尼妮露出了为难的表情。

可是，多多毫不理会，还是不断地将箱子一个个搬出来。

“多多！不能搞得乱七八糟！”甘妮极力劝阻。

“不行！不行！多多不行！”多多非但不听，反而学着甘妮说话，然后在玩具柜台胡乱跑动，四处捣乱。

玩具专区的其他客人见了，露出讨厌的表情，嘴里还在嘟囔着一些刺耳的话。

姐妹俩担心会受到众人的关注，赶忙追着多多，将他弄乱的箱子一一整理摆放好。看到甘妮和尼妮着急，多多反而更加兴奋地搬动起箱子。

“多多，别闹了！”尼妮索性将多多紧紧抱在怀里，让他动弹不得。

路过的阿姨看到后，笑着说：“弟弟真淘气，姐姐一定很辛苦吧。”

阿姨完全没有注意到多多不是人类。尼妮悬着的心落下来的同时，也感到了一丝莫名的欣慰，心想：“我是姐姐？啊，这感觉不错！”

阿姨一走，甘妮就叹着气走了过来。她牵住多多的手，说：“我还以为被发现了呢。小心点！”

注意到甘妮有些生气的表情后，多多才安静了下来，接下来全程都乖乖地跟着。

当多多随着甘妮走出商场的时候，收银台前等待结账的人排起了长队。

看到多多目不转睛地盯着收银台，甘妮手里拿着纸币和玩具，耐心地给他讲解：“这是在结账，就是用钱来买东西。”

“钱？”思考片刻，多多拿来一张小小的广告纸，递给了甘妮和尼妮，“这个，钱，多多给你们买玩具。”

姐妹俩被多多天真可爱的样子逗得捧腹大笑。

尼妮搂着多多的肩膀说："多多，你虽然是个淘气包，但是我没办法讨厌你。"

"啊！这是我经常对你说的话，哈哈！"甘妮拍了一下尼妮，笑得更大声了。

甘妮和尼妮又向多多解释了一遍关于纸币的事，可是多多还是不明白。因为在库珀岛上需要什么东西，大家都会互相分享，而且库珀的生活中也不需要过多的物质。

"好热，我要脱帽子！"听着姐妹俩的讲解，多多拽了拽帽子。

"这里不行！我们回家吧。"姐妹俩放回商品，牵起多多的手，就走出商场。

刚一到家，多多就摘下了口罩和帽子，嘴里嘟囔着："太闷了！太闷了！"

甘妮和尼妮像照顾小弟弟一样，给多多脱掉了鞋子、外套。然后，甘妮拿出了魔法道具，用魔术手镯呼叫了托尼。

托尼很快就出现了，和姐妹俩打了个招呼便询问多多："多多，你玩得开心吗？"

多多使劲儿点点头。

托尼说："很好，那你做好来魔法图书馆的准备了吗？"

这次，多多频频点头。

"嗯！我们现在就出发。"甘妮高兴地说。

“嘟嘟很快就会从库珀岛赶过来。你们也快来吧。”

托尼话音刚落，甘妮就按了一下魔术手镯上的黄色按钮。随即，黄色按钮上放射出耀眼的光芒，将姐妹俩和多多包围了起来。

第二章　误入大人国

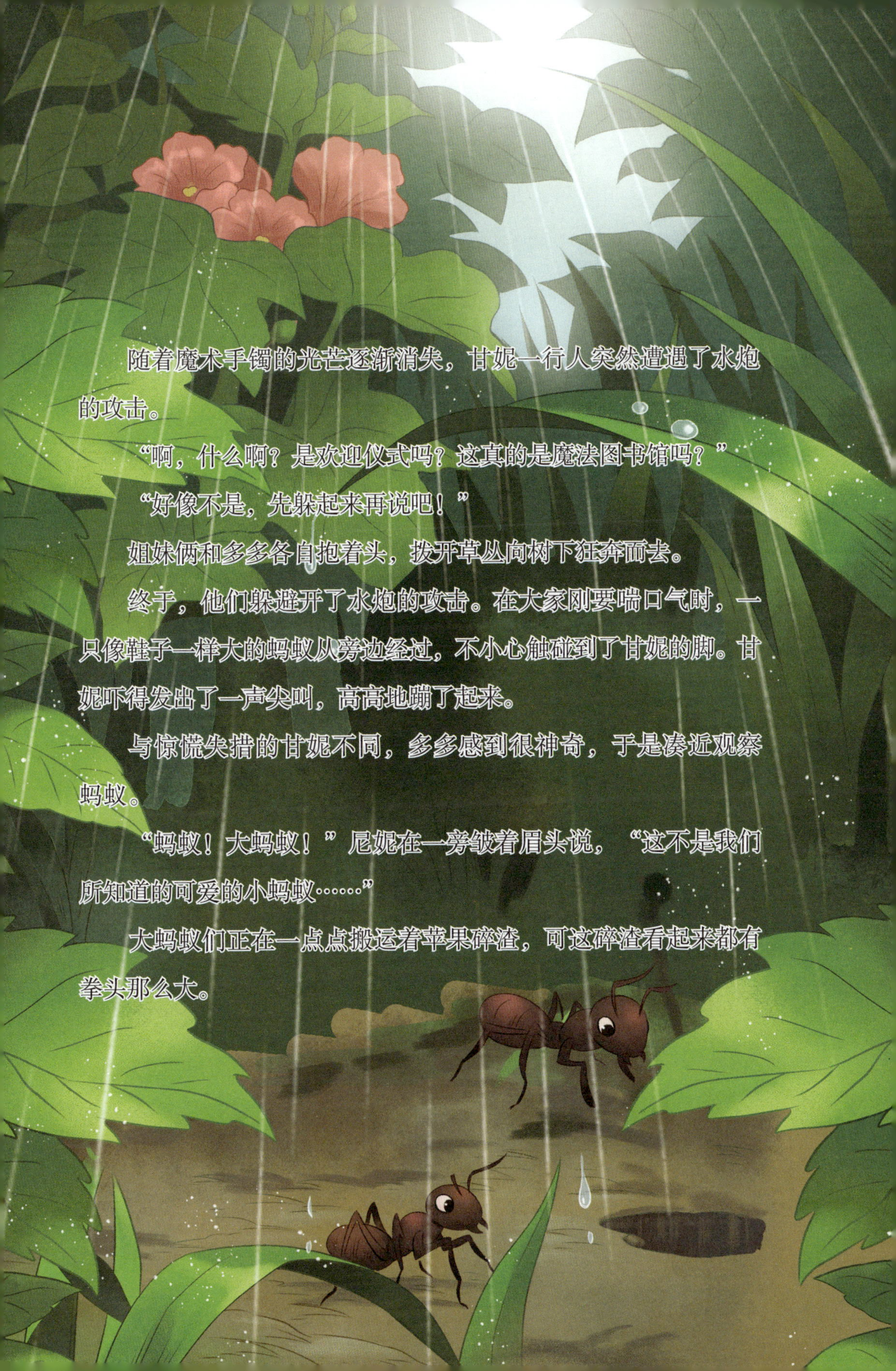

随着魔术手镯的光芒逐渐消失，甘妮一行人突然遭遇了水炮的攻击。

“啊，什么啊？是欢迎仪式吗？这真的是魔法图书馆吗？”

“好像不是，先躲起来再说吧！”

姐妹俩和多多各自抱着头，拨开草丛向树下狂奔而去。

终于，他们躲避开了水炮的攻击。在大家刚要喘口气时，一只像鞋子一样大的蚂蚁从旁边经过，不小心触碰到了甘妮的脚。甘妮吓得发出了一声尖叫，高高地蹦了起来。

与惊慌失措的甘妮不同，多多感到很神奇，于是凑近观察蚂蚁。

“蚂蚁！大蚂蚁！”尼妮在一旁皱着眉头说，“这不是我们所知道的可爱的小蚂蚁……”

大蚂蚁们正在一点点搬运着苹果碎渣，可这碎渣看起来都有拳头那么大。

仔细观察四周后，姐妹俩很快发现，这里的一切事物的个头都比她们现实生活中的大得多。

魔法图书馆里，竟然有这样的地方啊？

不，好像没见到过……这里的东西都很大，好像巨人居住的国家一样。不是吗，姐姐？

看来我们来到的不是魔法图书馆，而是故事王国！这里应该就是《格列佛游记》中的大人国——布罗卜丁奈格！

格列佛冒险的地方不是小人国吗？我读过的童话书里，只有小人国的故事。

《格列佛游记》原著中不仅有小人国，还有大人国，飞岛国勒皮他，由智慧的马统治的彗骃国。这是一个复杂而漫长的故事。童话书中主要讲述的是小人国的故事。

甘妮就立即联系托尼说明了情况。托尼听后目瞪口呆：“过了这么久你们还没到，我正考虑是怎么回事呢。你们去了大人国吗？一直以来，魔法手镯连接的都是魔法图书馆，这次竟然连到了故事王国。”

甘妮的脸色变得凝重起来，忧心忡忡地问："难道魔法手镯坏了吗？"

"也有可能是因为多多吃了原稿中的词语，所以导致魔法手镯无法正常工作。魔法图书馆里的《格列佛游记》原稿不见了，这样看来，多多拿到的书不是报废品。"托尼低声说。

甘妮的表情更加凝重了。

"现在嘟嘟正拿着多多读的那本书，向图书馆赶来。我稍后确认一下，再跟你们联络！过会儿见！"托尼补充道。

为了打破沉闷的气氛，尼妮用坚定的语气说："知道了。这段时间，我们会去找找格列佛。说不定主人公知道些什么呢！"

托尼听懂了尼妮的用意，微笑着点点头，继而问多多：“对了，多多，嘟嘟给你读书时，你吃了书中的哪些字？还记得吗？”

在托尼的追问下，多多打了一个嗝，一个“列”字从他嘴里蹦了出来。

咦，这是什么意思？

难道多多肚子里还有没吐出来的字？

也有这个可能。

剩下的字也要吐出来啊，多多！你再打个嗝试试。

呕……打不出来了！

你还记得吞了什么字吗？

我不知道！我不认识字！

不知道吞掉的是什么字？想要解决这个问题，恐怕要花些时间了。总要找出点线索才行。你们先去找主人公格列佛吧！

知道了，托尼！

尼妮从魔法项链里拿出一个盒子，把多多吐出来的字装了进去。然后，甘妮一行人决定爬到高处，观察一下周围的状况。

环顾四周，大家发现附近有块岩石看起来挺高的。于是，甘妮一行人努力往上爬。

姐妹俩和多多好不容易登上了岩石最高处，映入眼帘的是一座巨大无比的房子，跟这座房子相比，他们刚刚逛的商场只是辆房车。

这时，甘妮和尼妮才惊讶地发现，原以为大家是在森林里，现在看来仅仅是在院子的花圃中。水炮是喷水器喷出的水柱，茂密的灌木丛是一片草地，高大的树木只是蝴蝶兰，而艰难攀登的岩石也只不过是放在花圃中的一块小石头而已。

甘妮最先回过神来，说：“我们是不是得先进房子里面看看啊？”

“哎，可是我们什么时候才能到那里啊？这也太远了……”尼妮把手攥成望远镜的形状，举到了眼前。

这时，一只老鹰犹如一道闪电，猛然俯冲而下，抓走了多多。甘妮和尼妮来不及多想，一把拽住了多多，于是三人瞬间腾空而起，飞到了天上。

因为多多尖叫着奋力挣扎，所以老鹰扑腾着翅膀摇摇晃晃地飞行，始终没办法保持平衡。

甘妮意识到老鹰对姐妹俩和多多的重量感到吃力，于是对尼妮喊道："尼妮，从魔法项链里拿出沉重的东西，挂在老鹰的爪子上试试！这样的话，老鹰就飞不高了。"

尼妮拿出渔网递给了多多，多多则把渔网套在了鹰爪上。随后，尼妮开始往里面塞铅球、厚厚的百科全书等沉甸甸的东西。

不堪重负的老鹰越飞越低。虽然离地面越来越近了，但是想要跳下去显然还是太高。

“要不我们跳伞吧？”

当尼妮开口说话的瞬间，不知从哪里窜出来一只猫，嗖的一下朝着老鹰扑了过去。老鹰被突如其来的攻击吓了一跳，一下松开了爪子。

甘妮、尼妮和多多快速下坠……

这是什么？

“扑通！”三人同时落入水中，姐妹俩和多多游了会儿，好不容易又聚到了一起。

“大海！一点也不咸！”游着游着不小心喝了几口水的多多，对甘妮和尼妮喊道。

姐妹俩也尝了一下水的味道，明显这里并不是大海，但对于姐妹俩来说，这片水域却犹如大海一样宽广。

“姐姐，我们拿出橡皮艇吧？或者帆船？”尼妮说。

姐妹俩正想着如何脱身，突然眼前出现了一个庞然大物。

“啊！是怪物！”甘妮大惊失色。

甘妮和尼妮为了逃离怪物，朝着怪物的反方向拼命游去。然而，她们的努力很快就化为了泡影，怪物轻而易举地抓住了姐妹俩。

怪物高高地举起姐妹俩，放在自己眼前仔细端详。随后，它慢慢张开了大嘴。姐妹俩眼前出现了一排整齐又洁白的牙齿，一颗牙齿就比甘妮的手掌还要大。

“啊！不行！姐姐，她好像要吃了我们！”尼妮吓得失声尖叫。

幸好怪物没有吃掉她们，而是用毛巾轻轻地擦拭着被水浸湿的姐妹俩。巨大的毛巾埋住了甘妮和尼妮，压得她们喘不过气来。

所谓的“怪物”，其实是大人国的六岁女孩——克拉。姐妹俩认为像大海一样宽广的水域，只是克拉家后院里的简易游泳池。

克拉抱着甘妮和尼妮，“咚咚咚”跑回屋里，边跑边喊：“妈妈，妈妈！天上掉下来两个娃娃！”

甘妮突然想起在《格列佛游记》中，格列佛被大人国的农民捉住并被迫四处表演赚钱的故事。

“虽然那个女孩子发现我们是活人，但是不要让大人国里的其他人发现！这样才能避免成为大家观赏的对象。”甘妮强忍心中的惶恐，暗暗思量，然后转头轻声告诫尼妮，“尼妮，像玩偶一样静静待着！被他们发现我们是活人就麻烦了！”

惊恐万分的尼妮，点了点头。

克拉笑嘻嘻地向妈妈炫耀着手中的娃娃：“妈妈，这两个娃娃不仅会说话，还会游泳呢！”

与此同时，独自留在游泳池里的多多，正悠闲地享受着游泳的乐趣。当克拉发现姐妹俩时，多多恰好潜入水下玩耍，所以没有被发现。

与库珀岛冰冷的海水不同，这里的水温格外温暖，多多非常喜欢。他只顾着开心地玩耍，连甘妮和尼妮消失不见了都没有注意到。

“不咸的海水，温暖的大海，真好啊！”多多在水里游来游去，一会儿仰着游，一会儿又潜入水下，像只可爱的胖鱼来回地撒欢。

但没过多久，多多又开始感觉无聊了。

妈妈，这两个娃娃不仅会说话，还会游泳呢！

老鹰对于刚刚放掉的猎物感到十分可惜，因此一直徘徊在游泳池的周围，想要伺机而动。漂浮在水面上百无聊赖的多多，发现了天空中盘旋的老鹰，于是玩心大起，想要戏弄一下它。

多多向老鹰挥了挥手，故意激怒它。

但最危险的并不是老鹰，真正的危机正在悄然而至。

“喵！”伴随着尖锐的叫声，猫把多多从水里捞了起来。对于猫来说，多多看起来就是一只长相奇特的老鼠。

“你好啊！我是多多。”

当多多高兴地打招呼时，猫龇着牙露出咄咄逼人的架势，并用尖锐的利爪碰了碰多多。多多一点都不害怕，反而咯咯咯笑得更开心了。

猫喜欢在吃掉猎物之前，戏耍一番猎物。但是多多不了解这些，还以为猫想要跟他一起玩，所以格外开心。

多多做梦也不会想到接下来会发生什么。

第三章　被当成娃娃

克拉戳了戳一动不动的甘妮和尼妮。

“嗯，好奇怪啊。刚才还在说话来着。喂，说说看。”

克拉这次用指尖轻轻地挠了挠姐妹俩。克拉的指尖正好触碰到尼妮侧腰的位置，虽然非常痒，但是尼妮咬牙坚持住了。

“克拉，回你房间玩儿吧。妈妈还有好多事情要忙呢。”妈妈以为克拉又陷入自己编织的幻想之中。

克拉有些失望，没想到妈妈竟然不相信她。但是，得到两个可爱的娃娃，又让她很兴奋。于是，克拉没有过多解释，就直奔二楼自己的房间。

克拉快速将湿漉漉的衣服换掉后，开始仔细观察自己的新玩具。然后，她把姐妹俩放在了桌子上玩偶之家的门口。

玩偶之家是一栋相当漂亮的双层楼房，衣柜里装满了各式各样的衣服。但是，不管给姐妹俩提供多少漂亮的衣服和房子，她们也不想成为娃娃。

甘妮和尼妮决定向克拉坦白自己的情况，并寻求她的帮助。

你好，我们是旅行者甘妮和尼妮。你能帮助我们吗？

我是克拉！今年六岁了！你们果然会说话！让我帮助你们吗？帮什么？

我们还有一个朋友还在游泳池里。你能帮我们把他带过来吗？

还有一个娃娃？没问题！我现在就去。你们先把湿衣服换下来吧！

不，我们不用换衣服。请你快点把我们的朋友带回来，拜托了！

别担心，妈妈会给你们换好衣服的。你们都是好孩子，对不对？

甘妮和尼妮感觉没办法跟克拉沟通，克拉似乎只是把姐妹俩当作是会说话的娃娃而已，姐妹俩心里有些郁闷。

克拉想要强行给尼妮换衣服。尼妮十分抗拒，情急之下，她对着克拉的手指咬了一口。

随着一声疼痛的呼喊声，克拉放下了娃娃的衣服。

“为什么这样？不想玩儿了吗？”克拉揉揉手指，困惑地询问道。

姐妹俩十分苦恼，不知该如何应对这个身材比自己大很多倍的小姑娘。

“姐姐！我们想简单一点吧！克拉虽然身材比我们高大很多，但其实还是个孩子。所以，我们就像对待小朋友一样对待她吧！”尼妮想到了解决办法，和姐姐商量道。

“克拉，你想和我们一起玩吗？”尼妮大声对克拉喊道。

“嗯！一起玩儿！”克拉使劲儿点了点头。

“那你要好好听我们的话才行！我们生来就是娃娃，所以不用别人帮忙也能自己换衣服。你想见识一下吗？”

克拉点点头，把娃娃的衣服放在姐妹俩面前。

这次，甘妮大喊道："虽然我们只是娃娃，但也会害羞。请你帮我们关上门，好吗？"

于是，克拉将玩偶之家的房门给关上了。

过了一会儿，换好衣服的姐妹俩开门走了出来。

克拉对此赞叹不绝，兴奋地在原地蹦蹦跳跳。

“嘻嘻，你们得亲眼看看自己有多可爱！我带你们去照镜子。”

克拉一手举着甘妮，一手举着尼妮，走到全身镜前面。

尼妮看着镜子里的克拉，对甘妮喃喃低语：“姐姐！近距离看克拉的时候，我觉得她又大又可怕。可是这样一看，她就像个可爱的妹妹一样。”

“克拉，来吃点心吧！”楼下传来妈妈呼喊克拉的声音。

不一会儿，克拉就拿着饼干和牛奶回来了。然后，她把姐妹俩安置在玩偶之家的沙发上，把曲奇饼干屑分给她们，还在姐妹俩面前的小茶杯里，每人滴了一滴牛奶。

好了，现在是下午茶时间了！

克拉，你知道吗？下午茶时间，大家可以互相问一些平时想问的问题，进行交流。

哇，互相提问，是吗？

嗯，那我先问一个问题。克拉，你见过格列佛吗？像我们这样的小人，是个男人。

我见过的玩偶中，你们是第一个会说话的。

是吗？看来格列佛不在这里。

现在轮到我了！你们的妈妈和爸爸也这么小吗？

嗯。我们生活的世界里的人都比这里的要小，大人也比我们高大不了多少。

长得那么小，也能算是大人吗？

克拉，你能自己做饭吗？

不，我不能。

你看，虽然你长得高大，但还只是个小孩子，所以很多事情都不会做。在我们的世界里，大人的体型虽然比你小，但是能工作也能照顾孩子，什么都会做。

你们这么小，幸福吗？

身体大小与幸福无关，我很幸福！

我觉得我再长高一点，可能会更幸福！

你想长多高？

比姐姐高一点就行。

哈哈哈，那也很小啊！

起初姐妹俩觉得克拉的话很无厘头，也很搞笑。但是，渐渐地，甘妮和尼妮开始对克拉无视自己的态度感到不快。

你们即使长高了，也很矮。能有什么用呢？

克拉，体型大小与作用无关。还有，你这么说话很不礼貌，不能说这种话。

我就这样了，你们小小的，能拿我怎么样？

姐妹俩看在克拉还是小朋友的分上，默默忍受着她的无礼。但是，克拉的问题越来越过分，忍无可忍的姐妹俩终于爆发了。

克拉，我不是玩具！不要随意摆弄我的胳膊！

你已经和我们玩儿一个小时了。我有点头晕，请你放开手！让我们休息一下！

不要！这里我最大，所以我是姐姐！你们都得听我的。

都说年龄与身形大小无关了。

我最大，我说有无关系才算数。

与此同时，多多突然意识到，原来猫不是在跟他玩耍，而是一直在戏弄他。

“甘妮，尼妮，救救我！救救我！”多多大声呼喊，寻找着照顾自己的姐妹俩。可是无论怎么喊叫，她们都没有出现。

多多很想哭，但他忍住了泪水，无论如何他也要想办法逃出猫的手掌心。趁着猫打哈欠的工夫，多多找准时机飞快地逃走了。就在这时，墙角处有人朝着多多大喊。

多多朝着发出声音的方向看去，一只老鼠在洞口处向自己招手，多多忙飞奔而去。

就在猫马上要抓住自己的瞬间，多多迅速钻进洞里。洞口太小了，猫追上来也无能为力了。猫用爪子挠了几下，不甘心地死死盯着洞里看。

谢谢你！

我是老鼠，叽叽鲁兹。原来你不是仓鼠啊！从远处看，我还以为是仓鼠呢。

我是库珀，来自库珀岛的库珀。我的名字叫多多！

库珀？库珀岛？我第一次听说……不过，世界那么大，有各种各样的动物，我不了解也不稀奇。刚才那只猫在这附近可是出了名的凶。你最好不要出现在它的周围。

我要去找朋友！

朋友？啊，你是说那些小人吗？

叽叽鲁兹突然想起，刚才这家主人的孩子手里抓着从未见过的小人走过去了。

“好吧，我来帮你！你要找的朋友们可能在这个房子里。跟我来！”叽叽鲁兹带着多多绕着墙壁跑了一圈，在一个洞口处停了下来。

“再往前走一点，就能看到厨房了。厨房的门正好开着呢！趁着猫还没有发现，我们赶紧走吧！”叽叽鲁兹和多多飞快地跑进厨房。

“看来新烤了曲奇饼干！待一会儿得拿走一个！”叽叽鲁兹把鼻子高高地拱起，闻了闻味道。

多多四处张望，寻找着甘妮和尼妮。就在这时，随着一声震耳欲聋的尖叫声，整个房子似乎也跟着晃动起来。

“啊！有老鼠！”

多多被巨大的惊叫声吓了一跳，当场愣在了原地。好不容易回过神来往叽叽鲁兹的方向看去，发现他已经消失不见了。多多再次转过头时，一个巨人正拿着超级大的扫帚打向他。

就在这千钧一发之际，叽叽鲁兹不知什么时候又跑了回来，一把抓住多多，拖着他一路狂奔。

快点跑啊！

叽叽鲁兹带着多多，敏捷地躲避着扫帚的攻击，飞快地逃窜着。两人出了厨房，穿过客厅，最后躲进了黑暗的楼梯下面。叽叽鲁兹和多多喘着粗气观察着外面的动静。

“这些老鼠，到底躲哪儿去啦？”一个女人用扫帚敲打着墙壁和地板，寻找着叽叽鲁兹和多多。

随后，就听到有人“噔噔噔”走下楼梯。原来是克拉，发出尖叫的女人是她妈妈，听到妈妈的喊声后，她一溜烟跑下楼来。

“妈妈！出什么事了？”克拉边跑边喊。

克拉跑出卧室后，甘妮和尼妮终于松了一口气。

“我们赶快逃吧，不然得一辈子当娃娃了！”甘妮把原来的衣服递给了尼妮。

姐妹俩迅速换好衣服，观察了一下四周。克拉离开时，把姐妹俩放在了桌子上。从巨人的桌子上向下看，就像站在高高的瞭望台上一样，令人一阵眩晕。

“姐姐，我们乘坐草莓蛋糕飞船离开吧！”尼妮从魔法项链里召唤出了草莓蛋糕飞船，“出发！”

尼妮启动飞船的瞬间，飞船一侧发出吱嘎吱嘎的声音，船体严重凹陷变形。

“喵！”没逮到多多的猫，不知什么时候溜进了屋里。在猫眼里，草莓蛋糕飞船无疑是个新玩具。它的眼睛里闪现出犀利的光芒。

甘妮和尼妮被困在扭曲变形的宇宙飞船里，观察着外面的状况。看到犹如一把锋利的匕首一样的猫爪时，姐妹俩反而觉得自己被困在里面是幸运的。

看着猫露出了狰狞的表情和尖锐如锥的牙齿，尼妮大惊失色地说：“我……曾经说猫很可爱的话，现在要收回……”

“我们得怎么从这里逃跑呢？”甘妮绞尽脑汁也想不出行之有效的方法。

猫张牙舞爪地胡乱拍打着蛋糕飞船，试图将甘妮和尼妮从里

喵嗷！
啊！

面掏出来。姐妹俩更是被吓得心惊胆战，紧张得直咽口水。

不知是幸运还是不幸，这时克拉回到了房间，把猫赶了出去。随后，她从变形的蛋糕飞船里小心翼翼地拽出甘妮和尼妮，仔细检查姐妹俩身上有没有伤口。

“没有划痕。不过还是要小心点，我得把你们放到更安全的地方！”克拉说完，把姐妹俩关进了挂在房间中央的鸟笼里。

第四章　可以做朋友吗？

尼妮用力地摇晃着鸟笼的铁栏杆，但铁栏杆纹丝不动。她环顾四周后，问道：“姐姐，我们现在的状况是不是可以形容为‘山重水复疑无路’啊？”

“嗯，尼妮，我更喜欢后一句。”甘妮叹了口气，坐了下来，用手支撑着脑袋，“让我静静地想一下，什么话都别说！”

“什么话都不说就这么待着，这也太无聊了！”尼妮一脸不开心。

克拉躺在床上看着甘妮和尼妮，不知不觉就睡着了。可能今天过得太开心了，她的嘴角还带着一抹微笑。

黑暗渐渐笼罩了房间，嘟嘟囔囔的尼妮把头靠在姐姐肩膀上睡着了。但甘妮却因为担忧现在的处境，迟迟无法入睡。突然，笼子轻微地晃动了一下，紧接着从上方传来窸窸窣窣的声音。甘妮马上提高了警惕。

天花板上落下一根绳子，黑乎乎的什么东西正朝着姐妹俩的方向，顺着绳子缓缓降落。甘妮屏住呼吸，紧紧抱住妹妹。

“吱吱！吱吱！”顺着绳子滑下来的，原来是一只肥硕的老鼠！

“尼妮，尼妮！快起来！”甘妮以为老鼠是来吃掉她们的，于是赶忙叫醒了尼妮。

听到姐姐的呼喊声，尼妮一下子睁开了眼睛。恰好这时老鼠下落到尼妮面前，彼此怔怔地对视了一会儿。尼妮的心脏怦怦乱跳，仿佛要从胸腔里直接跳出来。

幸运的是，很快就传来了令人高兴的声音。

“甘妮，尼妮。”多多在老鼠的后面伸出脖子，露出了脑袋。

“我是多多的朋友叽叽鲁兹。我来帮助你们逃出去。”叽叽鲁兹用前爪紧紧抓住笼子，熟练地用牙齿打开了鸟笼的门闩。

随后，尼妮从魔法项链里拿出一根长绳子，一端牢牢绑在栏杆上，另一端垂直往下坠。

“跟我来！”叽叽鲁兹先顺着绳子麻溜地往下滑。姐妹俩和多多随后跟着叽叽鲁兹，也战战兢兢地沿着绳子向下滑。

“吱嘎！”叽叽鲁兹悄悄走向窗边，小心翼翼地打开了窗户。

嘈杂声吵醒了睡梦中的克拉。她揉了揉眼睛，看到窗台上的小影子，顿时露出了讶异之色。

“嗯？怎么出来的？”

匆忙下床的克拉，一不小心摔了个大跟头。

跌倒在地的克拉放声大哭。

“快，快点！听到哭声，大人们马上就会冲进来。在那之前我们必须离开这里！”叽叽鲁兹焦急地催促着犹豫不决的甘妮和尼妮。

但是，姐妹俩觉得不能丢下哭泣的克拉不管。虽然克拉身材庞大，但她还只是个年幼的孩子。

尼妮于心不忍，出声道：“克拉！”

听到尼妮的叫声，克拉的哭声戛然而止。

尼妮对甘妮说：“姐姐，我想最后一次对克拉说说心里话。这次总觉得能说得通。”

甘妮同样相信克拉有一颗纯洁善良的心灵，于是也跟着尼妮，快速地从窗台跳到桌子上。

姐妹俩走到桌子的尽头时，克拉也爬了过来。姐妹俩伸手抚摸着克拉的脸庞。

“别哭了，克拉。”甘妮用温柔的语气安慰着克拉，眼神里充满了关切和温暖。

尼妮把自己的脸颊贴在克拉的脸上说：“克拉，我们不是娃娃，我们想成为你的朋友！解决完故事王国的事情后，我们会再回来跟你一起玩的！”

这番话让克拉陷入了沉思，她似乎在纠结要不要送甘妮和尼妮离开。

紧接着，甘妮也向克拉保证："下次我会带来让你变小的魔法蘑菇。吃完那个，你就和我们一样小了，到时候再一起玩吧！"

克拉点头表示同意，慢慢站起身来。然后，她用双手将姐妹俩托起来放到窗台上。

甘妮一行人在克拉的目送下走出窗外，又向坐在屋顶上的叽叽鲁兹表示感谢，并从魔术项链里取出一块大奶酪作为礼物。

甘妮再次联系了托尼，并向他说明了情况。

托尼，格列佛好像没在大人国里。

是吗？那么格列佛到底在哪里呢？对了，刚才嘟嘟带着书来了。果然，他手里的那本是《格列佛游记》的原稿。你们也知道，书籍原稿是有魔力的。《格列佛游记》的原稿试图利用吞下文字的多多，操纵魔法手镯，但文字的力量和魔法手镯的魔力产生了冲突，所以你们被传送到了错误的地方。

魔术手镯不会坏了吧？姐姐和我用魔法手镯可以回到魔法图书馆吧。

那也不能把多多一个人留在这里，我们自己回到魔法图书馆啊。

怎么可能丢下这么可爱的多多？当然是一起啦！

而且他是个极其“危险”的人物，绝对不能丢下他一个人。

顺便问一下，书籍原稿不在魔法图书馆，而是在销毁废弃书籍的库珀岛，这件事情是不是很严重啊？

对！原稿出现在魔法图书馆以外的地方，这已经很糟糕了，再加上差点在库珀岛被销毁……

是谁干的这种事？书又不可能自己走出去……对了，书籍原稿本身就有魔力，难道是它自己溜出去的？

呵呵，原稿可没有那种力量。不管怎样，肯定是对魔法图书馆十分熟悉的人干的。不知道其他书籍是否安然无恙，我得认真调查一下。

那么调查期间，我们就去小人国看看了？

如果找到格列佛，我会联系你的。

好的！格列佛有很多冒险经历，也许会对你们有所帮助。

对了，托尼，我们和多多一起乘坐草莓蛋糕飞船，应该没事吧？

嗯，没问题，不用担心！

姐妹俩和托尼结束了对话，尼妮便从魔法项链里召唤出新的草莓蛋糕飞船。

“好，那就出发去小人国吧！”随着尼妮强有力的喊声落下，草莓蛋糕飞船冲天而起。

第五章　天才们的国度

突然，莫名地刮起一阵旋风。

草莓蛋糕飞船被突如其来的旋风卷走后，掉落在空旷的荒野上。

尼妮环顾四周后，问道：“姐姐，这里又是哪里呢？好像不是小人国。”

“这个嘛……可能是被旋风卷到别的地方了吧。”甘妮也一脸疑惑。

“那里，那里！”多多发出惊讶的声音，指向天空。

甘妮望着悬在空中的城市，大声喊道：“那是飞岛国，勒皮他！”

勒皮他像一个巨大的托盘，上面林立着大大小小的建筑物。

中间有一座高高耸立的塔，塔身是一层一层堆叠的球状物，而周围坐落着正六面体、圆锥、圆柱体等各种形状的大楼。建筑物之间的道路高低错落，设计得十分复杂，就像过山车一样跌宕起伏。

勒皮他的天空是紫色的，映照在玻璃建筑和道路上，仿佛整个城市都沉浸在紫色的海洋里，只有圆柱形的植物园是绿色的。植物园里生机勃勃，到处郁郁葱葱，布满了数不清的各色植物。

勒皮他慢慢靠近甘妮一行人，在他们头顶投下了一片巨大的阴影。

哦！好神奇！

勒皮他朝我们这边过来了！先上去看看吧？

当然了！格列佛也有可能在那里！

上去！上去！

但是，怎样才能上去呢？

是啊……

“这里，这里！”姐妹俩正考虑该如何上去的时候，就听到有人在招呼她们。

三人同时朝着发出声音的方向望去。

“你们想上来吗？”听到远处传来的呼喊声，甘妮和尼妮欢快地朝他挥手。随后，大家就听到了巨大的机械声。

“轰隆隆——哐当哐当！”

勒皮他底部的折叠楼梯发出咔咔的声响，逐渐向下延展。待楼梯在地面上停稳，甘妮和尼妮带着多多走上了楼梯。

一位看起来和甘妮差不多大的少年，在楼梯的尽头迎接姐妹俩和多多。他头上戴着有彩色灯泡的头盔，穿着画有天体图案的长斗篷。

多多对头盔产生了浓厚的兴趣。

少年解释道：“因为勒皮他人在走路时经常会碰撞或摔倒，为了保护头部才佩戴头盔。勒皮他人想的事情很多，所以走路时经常心不在焉。”

少年接着说：“头盔还是提供各种信息的‘穿戴电脑’。勒皮他能够及时降下楼梯，以及我能够提前知晓你们的旅行者身份，这些都得益于头盔的帮助。顺便问一下……你们会说几国语言？几何学的研究到了什么程度？它是你们的宠物吗？拉丁语学名是什么？”

“什么？几何学？拉丁语学名？”尼妮和多多被少年的一系列问题搞得晕头转向。

甘妮连忙打断说：“好了，等一下！提问前先打个招呼吧。你好，我是甘妮，这是我的妹妹尼妮。还有他，来自库珀岛，名字叫多多。”

我是库利奥斯·戴乌斯，欢迎来到天才之国勒皮他。

尼妮说："天才的国度？库利奥斯·戴乌斯，你的名字听起来就感觉很聪明！勒皮他到底是什么地方啊？"

在尼妮的称赞下，库利奥斯·戴乌斯扬扬得意地开始讲述勒皮他的故事。

"勒皮他拥有精准观测大气变化的尖端技术，每天预报哪里有好天气，我们就移动到那里。另外，勒皮他在数学和音乐方面造诣很深……"

库利奥斯·戴乌斯的解释太冗长而费解了。头脑一片混乱的甘妮抓着库利奥斯·戴乌斯说：“等，等一下，库利奥斯·戴乌斯！俗话说，百闻不如一见。眼见为实，耳听为虚。你带领我们一起四处走走，边逛边解释，怎么样？那样更有利于我们理解……”

然后，甘妮靠近尼妮耳边低语：“到处看看，也许能碰到格列佛。”

飞岛饭局
我们吃这些东西。
这是什么？

“哦！好主意。那就跟我来吧。”库利奥斯·戴乌斯走在前面。

跟在后面的尼妮，小声对甘妮说：“姐姐，百闻不如……什么来着？那是什么意思啊？”

“多多也很好奇！多多也想知道。”多多把脸凑到甘妮和尼妮之间。

甘妮解释道：“‘百闻不如一见’的意思是，看一次胜过听一百次。”

库利奥斯·戴乌斯带着姐妹俩和多多来到位于勒皮他中心的塔楼。走进塔内，里面有很多店铺，其中一家招牌——飞岛饭局，引起了大家的注意。

“飞岛饭局？吃饭的地方？是餐厅吗？真想知道天才们都吃些什么！”尼妮率先跑进去，不一会儿失望地说，“咦？好奇怪！既没有桌子椅子，也看不到任何食物，难道不是餐厅，而是药局吗？”

库利奥斯·戴乌斯笑着说：“这里既是餐厅，也是药局。在勒皮他，餐厅和药局合称为‘饭局’。”

接着，库利奥斯·戴乌斯又拿出了一些类似药片的五颜六色的东西展示给大家看，说：“这就是我们的食物。”

甘妮和尼妮一脸好奇地凑上前去看。

勒皮他人因为要做研究，经常没时间吃饭。所以，为了大家的健康着想，我们把营养均衡的餐食做成药片，便于大家携带和服用。

吞下没有味道的药片，这就是一顿饭的全部吗？完全体会不到吃饭的乐趣，这太荒唐了！

尼妮，看来我们在这里肯定活不下去。

我们把全部精力都投入研究中，吃的乐趣、交友的乐趣、饲养宠物的乐趣等，这些在勒皮他都不存在。而且，这些行为也是被明令禁止的。

天啊，竟然连朋友都交不到！

这么说来，我在这里确实没有看到一只狗或一只猫。

这也不许，那也不让，那活着还有什么意思呢？

比起休闲娱乐，我们认为提高智力水平、研究学问更有价值。比如，一整晚都在绞尽脑汁思考一个数学题，当你终于解出来的时候，内心就会感到无比喜悦和满足！你们体会过那种感受吗？

“喜悦”是什么？

喜欢的“喜”，愉悦的“悦”，合起来就是“喜悦”了，就是非常愉快、高兴的意思。

嗯……做数学题很开心吗？

当然了。你也曾有过演奏钢琴的时候，完全沉浸在音乐世界中，陶醉其中忘记时间飞逝的经历吧？

“陶醉”又是什么？

就是欣赏或体验美好事物时，情感完全被吸引，心神沉浸其中的意思。

虽然我也很喜欢弹钢琴，但是远远还没达到那种程度……

嗯，看来你们很难理解，或许是我解释得还不到位。那我带你们去看看勒皮他人做研究的样子吧。当你亲眼看到的时候，可能会更加理解我们。

顺便问一句，库利奥斯·戴乌斯，这里有一个叫格列佛的人吗？他像我们一样，是从勒皮他之外的地方来的。

库利奥斯·戴乌斯立刻从头盔中检索相关信息，片刻后做出了回答："所有访问过勒皮他的外部人员，我们都有记录。但是，在外部人员名单上并没有找到'格列佛'。"

"看来格列佛也没在这里，怎么办啊？"甘妮失望地说。

为了不让气氛变得低落，尼妮爽快地回答："什么怎么办！来都来了，我们总得参观一下再走吧！既然来了，就好好看看吧！"

甘妮一行人随着库利奥斯·戴乌斯参观了研究室。

勒皮他人都在专心致志做着研究，他们沉浸在科学的世界里，全身心地探索未知的领域，完全没有注意到外界。看到眼前的情形，多多也不敢故意捣乱，只能老老实实地跟着。

库利奥斯·戴乌斯指着研究室的一侧说：“让我来给你们介绍一下这里正在进行的研究……”

将一张纸做成一吨重的实验。
将水制成橙汁。
关于石头剪刀布游戏中，出拳者的自尊心研究。
给蜗牛喂食多种颜料，使其排出环保涂料粪便的研究。
嗯……
哇，一天到晚不知疲倦地做研究……真了不起啊！
姐姐，你不觉得他们研究的项目有点奇怪吗？

为什么要研究这些啊？
比起研究项目是什么，其实研究本身更有价值，不是吗？做研究工作要多动脑筋，所以人会变得越来越聪明，进而有利于钻研更高深的学问……
姐姐！我喜欢那个研究！
关于吃了就能立刻记住英语单词的字母糖果的研究。
如果那种糖果被研发出来的话……
能不能分给我们一点！拜托了！

库利奥斯·戴乌斯，那你在做什么研究呢？

我，我还没有取得研究资格……

哦，对不起。我不该问这个问题。

研究也需要取得资格？啊，那也没什么！下次再做就是了。

没有下次了……如果到了十二岁还没有取得研究资格的话，我们就得离开勒皮他。

什么？十二岁？是不是太小了？

我们从婴儿时期就开始学习，所以说十二年也不算很短的时间了。

离开勒皮他能去哪里呢？

勒皮他一直在移动，没有固定的地方。不论处在哪里，一旦到了该离开的时候，勒皮他就会停下来，把我们放逐到下面。

啊？这么随意吗？

通知：没有取得研究资格的落选者，今日之内必须离开勒皮他。请以上人员于16点47分之前到广场集合。

如果一直朝着这个方向飞行的话，16点47分……那里会是一片荒原。

没有取得研究资格的落选者？难道……

嗯，我离开勒皮他的时间，已经进入倒计时了。

你的脸色不太好啊。没事儿吧？需要我们的帮助吗？

很遗憾，但我必须接受这个安排。没有获得研究资格，所以离开是理所当然的。那么再见了……

嗯，再见……

他这么突然离开，我怎么感觉心里空落落的。

我也一样……啊，姐姐！多多不见了！

第六章　被驱逐的孩子们

没有取得研究资格的落选者们，陆陆续续聚集到广场。他们朝着广场中央慢慢走来，脚步显得格外沉重。

虽然没有人因反对驱逐令而闹事或哭泣，但是每个人都面色凝重，气氛十分压抑。本就寂静的勒皮他，陷入了更深的沉默之中。

甘妮和尼妮在落选者之间穿梭着，四处张望，焦急地寻找多多的身影。

姐姐，多多好像不在这边。

尼妮，多多什么时候消失不见的？

参观研究室的时候，我们明明在一起啊……

难道是在库利奥斯·戴乌斯发表长篇大论时跑掉的？

总之先联系一下托尼，告知他这里的情况吧。

甘妮刚要使用魔法手镯，一个高个子的勒皮他人走了过来，一脸严肃地警告道：“旅行者们，我是勒皮他的警察。在勒皮他不允许使用外部通信设备。为了阻断干扰勒皮他头盔通信的外部因素，请你们积极配合。根据《勒皮他通信法》第二十五条第五项，如果违反这一规定将会被逮捕。”

勒皮他警官离开后，尼妮眨了眨眼睛对甘妮说：“有好多话我都没有听懂，总的来说，就是不让使用魔法手镯，是吗？”

“好像是那样。那魔法项链也不行吗？魔术项链不属于通信装置，所以使用也没关系吧……”

甘妮话音未落，尼妮已经从魔法项链里拿出了甜甜的巧克力。

“这样用一次，不就知道了嘛！嘿嘿。”尼妮狡黠地笑着说道。

“呼，真是拿你没办法。尼妮。”甘妮无奈地接过巧克力。

尼妮狠狠地咬了一大口，边吃边说：“先吃点甜食，再想办法找多多吧！”

姐妹俩刚把巧克力放进嘴里还不到一分钟，就发现不用再绞尽脑汁想办法寻找多多了。

“尼，尼妮，你看那里……”甘妮惊慌失措地指向广场的大屏幕。

“怎么了，姐姐？”尼妮顺着甘妮手指的方向看去，她的眼睛瞬间瞪得像乒乓球一样大。电子屏幕里正在播放多多的画面，他还在那里得意扬扬地笑着。

“姐姐，看来多多也把这里弄得鸡飞狗跳。勒皮他人竟然把这说成‘淘气包入侵者将被驱逐’！”

“哎，真拿他没办法，真是的！”

“既然说驱逐，那我们就去楼梯那边看看吧！”

甘妮和尼妮急忙朝着刚才自己登上来的楼梯的方向跑去。

这时，刚才提醒姐妹俩的警察们又大声警告道：“你们如果摔倒后头部撞到地板的话，可能会造成致命的脑损伤。特别是，如果与勒皮他人相撞，损伤勒皮他人的高级大脑的话，根据《勒皮他智能法》第八十七条的规定……”

姐妹俩不听劝阻，继续向前奔跑。快到楼梯口时，尼妮看到了多多，她喊道：“姐姐，那边！是多多！”

“多多！我们在这里，这里！”甘妮和尼妮大声呼喊着多多。

可是，为了躲避勒皮他警察们的追捕，多多四处逃窜，完全没有注意到姐妹俩。来到勒皮他后，多多一直被迫听着无聊的讲解，而现在的他，仿佛又变成了从前的自己，肆无忌惮地乱跑乱跳。

“姐姐，多多好像不是在逃跑，而是在玩捉迷藏呢。”尼妮气喘吁吁。

甘妮边跑边感叹：“他的行为已经超出了我的想象，太了不起了。真的。”

勒皮他人整天就知道学习和研究，因此运动能力大大减弱，行动也变得迟缓。几十个勒皮他人，竟然连一个多多都抓不住。多多像是在捉弄那些勒皮他人似的，时快时慢，故意调整速度跑来跑去。

甘妮和尼妮想要赶紧带着多多离开，于是又大声呼喊：“多多！多多！”

多多这才看到甘妮和尼妮，兴奋地跑过来抱住了姐妹俩。还没高兴多久，三人重逢的喜悦就戛然而止。因为姐妹俩和多多犯下了骚乱罪，所以他们要和落选者们一起被驱逐。三人被警察们推搡着，站到了被驱逐人员队列的最后面。

“反正我们也想要离开这里。勒皮他也没有格列佛，我们还是去别的地方看看吧。”甘妮努力地往好的方向引导。

“可是，我自己走出去和被人赶出去的感觉，完全不一样啊！”自尊心受挫的尼妮，心情十分低落。

随着要求下楼梯的广播响起，落选者们开始慢慢移动。

“姐姐，你看那里！是库利奥斯·戴乌斯！”尼妮指着前方，大声喊道。

帮助过姐妹俩的库利奥斯·戴乌斯也在落选者的行列中。他深深地低着头，怅然若失地走下楼梯。

就在库利奥斯·戴乌斯下到半途的时候，意外发生了！

“吱嘎吱嘎！咔嚓！”随着一声巨响，楼梯中间出现了一条长长的裂缝。楼梯由于年久失修，螺丝早已生锈腐蚀，楼梯的连接处突然一下子裂开了。瞬间，下方的楼梯开始不断脱落。

挂在楼梯上的孩子们的哀号声以及围观者们的尖叫声响彻天际，场面一片混乱。

甘妮和尼妮穿过拥挤的人群，急忙向前跑去。

往下一看，库利奥斯·戴乌斯和几个同伴正悬在断掉的楼梯尽头。

“尼妮，快从魔法项链里拿出救生气垫！就是消防演习时用的大大的气垫。有了它，万一他们掉下去了也不会有事！”甘妮着急地对尼妮说。

尼妮迅速拿出几个救生气垫扔到地上。接着，她又拿出了梯子，跟姐姐一起将梯子与勒皮他的楼梯断裂处连接起来，使得库利奥斯·戴乌斯和他的同伴能够走下来。

当他们慢慢地顺着梯子走下来时，上面观望的勒皮他人开始欢呼雀跃：“哇，好厉害啊！真是天才！”

但并不是所有人都顺利地走了下来。在楼梯的尽头，一个男孩因为恐惧而迟迟不敢迈出第一步。虽然姐妹俩和其他人一直在鼓励他，但是毫无效果。

“如果害怕使用梯子的话，我就给你们换个其他的吧。它会让人‘咻’一下滑下去，很有趣呢！”尼妮从魔法项链里变出了一个巨大的滑梯。

第一次见到这样的东西，勒皮他的少男少女们都觉得很新奇，他们的眼睛里闪烁着兴奋的光芒。

尼妮说：“滑梯是个很有趣的游乐设施。我姐姐和我先滑下去，你们跟着我们就行了！”

小心点！

有了滑梯，姐妹俩和其余落选者眨眼间就来到了地面上，迎接他们的是热烈的欢呼声。

但站在楼梯尽头的男孩仍然带着惊恐的表情，注视着同伴们一个个滑下去。这时，多多慢慢地走到那个男孩的旁边，小心翼翼地给了他大大的拥抱。男孩依偎在多多柔暖舒适的怀抱中，紧张感也逐渐得到了缓解。

多多笑着对男孩说：“我们一起下去吧！”

在多多的鼓励下，男孩跟着多多一步一步地朝着滑梯走去，然后一起顺着滑梯飞快地滑了下来。到达地面后，男孩紧紧地抱住了多多，激动地说：“谢谢你！”

多多感觉有点喘不过气来，咳嗽了几下，没想到竟然从嘴里吐出了个“佛”字！

尼妮麻利地把“佛”字装进盒子里。

就在这时，天空中传来了隆隆的响声。

“尼妮，听我说！我是勒皮他研究室的主任。你的项链好像是个小型空间移动装置。你不想在勒皮他跟我们一起研究一下那条项链吗？”

虽然研究室主任看起来很友善，但尼妮深吸一口气后，斩钉截铁地回答：“绝对不要！”

研究室主任离开后，姐妹俩立即联系了托尼。

托尼，这次出现了“佛”字。“列”和“佛”……看来多多吞掉的是“格列佛”三个字！

天啊，竟然吞掉了主人公！

托尼，找到犯罪嫌疑人了吗？

暂时还没有。估计还需要一段时间！

那你能先过来帮帮我们吗？有些事情需要处理一下。

第七章　新的居住地

虽然落选的勒皮他人都平安地回到了地面，但姐妹俩不忍心就这样丢下他们离开。在荒无人烟的原野上，他们是不可能生存下去的。

姐妹俩正在绞尽脑汁思考的时候，落选者们走到了她们的身旁。

你知道建立起勒皮他那样的城市有多难吗？那种事不是谁都能做到的。勒皮他排名前1%的天才，说不定可以做到。你们就让我们自生自灭吧，不用管我们了。

如果我们齐心协力的话，一定可以建造一个适合居住的地方。

你不需要帮助我们，我们是没有资格得到帮助的被淘汰者。

这是什么话？不是这样的！学习和研究不应该是生活的全部。

算了，我们什么都不想做。

看到落选者们自暴自弃的样子，姐妹俩很生气。

“朋友们，我来了！”就在这时，托尼出现了，“这里的气氛好像不太对劲啊……”

姐妹俩向托尼诉说了在勒皮他发生的事情。知晓前因后果后，托尼开口道：“如果突然要离开家去往荒郊野外生活，老实说，任何人都会感到迷茫的。他们对这里该有多陌生啊。而且，落选的勒皮他人来自最先进的文明，心理上的落差也使他们对未来失去信心。”

听了托尼的话，甘妮托着下巴陷入了沉思，然后说：“是啊，他们不是主动离开的，而是被驱逐到这里的。他们心里一定很难受吧。虽然表面上装作若无其事，但内心却并非如此。”

尼妮问：“那要如何安慰勒皮他的朋友们呢？”

这时尼妮突然记起，几天前因为数学考试没有考好而伤心难过的时候，妈妈做了一桌大餐来安慰自己的事情。吃了美味的食物，原本郁闷的心情顿时就变好了。

“是啊，就是那个！好吃的食物！”尼妮微笑着大叫起来。

尼妮从魔法项链里取出一张大餐桌，然后在上面摆满了刚烤好的面包和各式各样的饼干。

“不愧是尼妮！”看到这个场景，托尼竖起大拇指，连连称赞。

“再给他们每人来一碗热腾腾的汤，搭配面包一起吃吧！”甘妮也给出了自己的建议。

桌子上摆满了让人垂涎欲滴的食物。勒皮他人被美食的香气所吸引，纷纷来到餐桌前。

“这是在教科书上看到过的食物吗？我们曾经学习过面包和曲奇饼干的主要材料——面粉的分子结构。”库利奥斯·戴乌斯走过来仔细观察着食物。

尼妮把松软的面包放在库利奥斯·戴乌斯的手里，说：“我不知道分子结构，但是我知道面包最好趁热吃。哈哈！来，尝尝看。”

库利奥斯·戴乌斯第一次有了强烈的食欲。但是，他从未吃过食物，不知道该怎么办才好。

看到库利奥斯·戴乌斯他们犹豫不决的样子，甘妮说：“把食物放进嘴里，上下移动下颌咀嚼，这样食物便能被咬碎。然后，通过喉咙吞咽下去，消化器官就可以将食物转变成我们可以吸收的营养和能量了。”

甘妮咀嚼着面包做起示范。库利奥斯·戴乌斯他们也跟随着甘妮，把食物慢慢放进嘴里。温暖美味的食物温暖了他们冰封已久的心。

心情放松下来后，以前彼此生疏的勒皮他人开始谈笑风生，一个接一个地谈起自己的故事。

片刻之后，摆得满满当当的食物几乎都进了勒皮他人的肚子里。

库利奥斯·戴乌斯满足地拍了拍肚子。

吃了好吃的食物，心情都变好了！

哈哈，我也是！好了，肚子也填饱了，现在来考虑下居所吧。我们总不能一直在外面聊天啊。

好主意！那我马上从魔法项链里取出大帐篷。有了帐篷，就算聊天聊到深夜也没关系了。

这里晚上风会很大，帐篷能够承受得住吗？

可供临时居住。

对啊，暂时过渡嘛，不要太挑剔。

我来试试盖房子吧，我学过建筑学。房子总会比帐篷结实的。

那可不是几个小时的事。

可是，这里只有碎石和沙土，盖房子需要很多材料吧。

你不是说你会吗？这个需要你自己测算。我讨厌数学。

测算完得到哪里取呢？

别担心材料的问题。需要什么东西，我都能提供给你。

很快，大家准备就绪，开始盖起了房子。勒皮他人虽然不擅长体力劳动，但他们都有认真学习的习惯，并且十分勤奋。由于每个人都积极完成了自己分担的任务，没过多久，房子的雏形就搭建完成了。当房子完工后，大家又讨论分配了后续的任务，便又快速投入各自的工作中。

托尼用魔法造了一口井，而尼妮从魔法项链里拿出了树苗、各种种子以及铲子，组织大家在房子周围种上树木，并开辟田地。

学习过植物学的女孩子指导大家，先用铲子把地面铲平，然后松土，再在里面种下种子。在所有人的共同努力下，最后打造出了一块像样的田地。

勒皮他人不停地工作，额头上都渗出了汗珠。于是，他们纷纷摘下了闷热的头盔，一张张红扑扑的稚嫩的脸庞就这样露了出来。他们还把碍手碍脚的长斗篷也脱掉了，整个人看起来更利落、更自由了。

“多多，把剩下的字也吐出来吧。”当托尼和尼妮忙着帮助勒皮他人建造居所的时候，甘妮正试图让多多吐出剩下的文字。

多多巧妙地躲避着甘妮的手，他以为甘妮是在跟他做游戏。甘妮好不容易抓住了逃跑的多多，尝试着采用呼吸道异物阻塞时操作的海姆立克急救法，让多多吐出字来。可是，多多仍然认为这是个游戏，笑嘻嘻地使劲儿挣脱。

“多多，嘟嘟在等你呢，你不想哥哥吗？”甘妮摸了摸多多的头。

听到哥哥的名字，多多愣住了。

甘妮温和地说：“嘟嘟很担心你，你该回家见哥哥了。”

甘妮的话触动了多多的内心。他的眼泪不停地在眼眶里打转，喉咙哽咽着，几乎无法发出声音。就在多多马上要哭出来的瞬间，“格”字突然从他的嗓子里跳了出来。

甘妮眼疾手快，赶紧打开了角落里装字的盒子。

“格”字紧紧贴在盒子里的其他字旁边，立即组合成“格列佛”一词！

多多的毛色也变为了白色。甘妮兴奋地抱起多多蹦蹦跳跳。多多觉得这样玩儿很有趣，瞬间又恢复了好心情。

看到甘妮和多多高兴的样子，尼妮和托尼走了过来。

尼妮对笑容满面的甘妮询问道：“姐姐，发生什么事了？”

甘妮打开了盒子，把“格列佛”三个字展示给尼妮和托尼看。尼妮和托尼大为惊喜，快乐的情绪如同潮水般涌来。两人猛地拉起多多，三人开始欢快地旋转。

托尼对转得晕头转向的多多说：“干得好，多多！我们快回到魔法图书馆吧！”

甘妮突想到了什么，说：“等一下！多多吃了‘格列佛’这个词，那么消失的格列佛会怎么样呢？我们要去找他吗？”

面对甘妮的提问，托尼眯起眼睛咧嘴一笑，说：“没那个必要了。因为他找来了。”

远处，有个人正大步流星地朝着甘妮一行人走来。他正是姐妹俩苦苦寻找的格列佛！

格列佛走上前来依次向甘妮、尼妮、托尼和多多问好。在了解了事情的起因经过后，格列佛开始讲述自己经历的事情。

你们好，美丽的女士们！见到你们很高兴，我是格列佛。

“结束了小人国的冒险后，我回到了家里。经过一段时间的休养，我便准备踏上新的冒险旅程。就在这时，突然狂风大作，暴风把我的船给掀翻了。当我再次睁开眼睛的时候，发现自己被关在了一个仓库里。那是一个非常大的仓库。奇怪的是，里面堆满了文字……”

格列佛还告诉了他们，自己从仓库里逃出来之前的情形。为了寻找出口，他在文字堆中四处徘徊，突然被“旋风”二字包围住，随后被扔到了某个地方。

“清醒过来一看，原来我到了荒野上！幸好远远地就看到了你们。”

啊啊啊啊！

听完格列佛的讲述，众人意识到格列佛一直在多多的肚子里冒险。

“嗯，这里面是不是装满了文字？”尼妮拍了拍圆圆凸起的多多的肚子。

“冻书刨冰，我吃了很多呢！”多多捂着肚子咯咯地笑。

看着多多可爱的样子，大家都笑出声来。这时，听到笑声的勒皮他人也围了过来，好奇地望着格列佛。

“你们好，我叫格列佛。突然出现，吓到你们了吧？”格列佛跟勒皮他人打完招呼后，对他们齐心协力建造的房子和开辟的田地大加称赞。

“竟然在荒原中间建造了这么漂亮的房子！看来是天才们的杰作啊！”

听到格列佛的话，勒皮他人连连摇头。“天才”一词似乎让他们想起了远去的勒皮他与被放逐的自己，于是他们脸上的表情又暗淡了下来。

甘妮见状，连忙夸赞：“当然了，他们可不是一般的天才。他们是把学到的知识应用到现实中的，真正的天才！”

听到甘妮夸奖的话语，勒皮他人的表情又变得明朗起来。这时，库利奥斯·戴乌斯站出来，向姐妹俩表达了感谢：“真心感谢你们对我们的帮助。最重要的是……给了我们活下去的勇气！非常非常感谢你们！我以为失败就是人生的终结，多亏了你们，让我们有了重新开始的勇气！”

其他孩子们也纷纷走过来向她们道谢，并邀请甘妮、尼妮和他们一起生活在这里。

甘妮摇了摇头说：“谢谢你们的好意。可是我们有家，而且父母还在等着我们回家。虽然这里很好也很有趣，但我们还是要回到家人的身边。”

尼妮笑着补充道：“不过我保证，下次一定再来玩！”

格列佛也对甘妮和尼妮表达了谢意，还提议下次一起坐船去冒险。同时，他还希望姐妹俩可以邀请自己去她们生活的世界看看。

“多多，你不是参观了我们的世界嘛！怎么样？给格列佛叔叔讲讲你的经历吧。”尼妮拍了拍多多的肩膀。

尼妮话音刚落，多多的头就摇得像拨浪鼓似的，说：“多多不喜欢那里！多多最喜欢库珀岛了！”

尾声　嘟嘟寄来的信

亲爱的甘妮和尼妮：

你们好啊！我是嘟嘟。最近过得好吗？

给你们写信是想告诉你们，我的弟弟多多已经安全到家了。谢谢你们一直陪在多多身边，和他一起去冒险。真的很感谢！

还有，我想向你们说声对不起。自从我和朋友们溜到魔法图书馆尝了书中的文字后，你们就被迫卷入了各个故事王国的冒险之中。

事后，我也受到了相应的惩罚，就是要往船上运送废弃书籍，服务期限是一百天。

如今，我又回到了库珀岛。现在的库珀岛发生了很多变化。库珀们都知道冻结的书融化后就能读故事的事情了。所以，每当装满废书的船进港的日子，这里不再举行冻书刨冰节庆典，取而代之的是融化书籍的篝火节庆典。

当然了，吃冻书刨冰的传统还是不能丢掉的。所以读完书后，大家会把书再次冻起来做成刨冰吃！毕竟，这对我们来说，只要喊一声“冰块”，马上就能做到了。

对了，你知道吗？读完书后将书再次做成冻书刨冰吃，竟然比原来的冻书更好吃！如果你们也能品尝到冻书刨冰的话，那该多好啊！

可是，《格列佛游记》的原稿怎么会出现在这里呢？那么重要的书怎么会跟废弃书籍一起被运送到库珀岛的呢？真奇怪……

库珀岛上也因为这个事情吵得沸沸扬扬，但至今都没有人知道原因。现在托尼正在调查，相信总有一天会水落石出的。

希望不是有人故意做这件事。如果真的有人策划了这么可怕的事情，那真是太让人气愤了。

如果当初我给多多读书的时候，再细心一点，可能就会发现端倪。现在回想起来，其实是有点不同的——跟废弃书籍相比，那本书没有那么破旧。都怪我太粗心，否则也不会发生这种事情了。

再一次向你们表示诚挚的感谢与歉意。这封信就到此为止了。

顺便说一句，库库、珞珞、佩里、多多都很想念你们。所以，下次一定要来库珀岛玩啊！期待与你们再相聚！到时候我们就可以一起打雪仗、滑雪橇，尽情玩耍啦！

祝你们一切顺利！

库珀岛的嘟嘟

2024年12月10日

修改多多的信

跟着哥哥学写字的多多，给甘妮和尼妮寄来一封信。因为多多对书写还不熟悉，所以信出现了很多错误，请将画线处改正并写到后面的方框里。

亲爱的甘妮和尼妮：

你们好！我是多多。

最近过得还好吗？

我很想你们，所以写了这封信。

谢谢你们陪我去了很多地方。

那时候我太完皮了，对不起。 ⟶ □□

虽然好多事情我都不太青楚。 ⟶ □□

但我玩得很开心。简直太有去了。 ⟶ □□

注意身体，不要生病。其待早日与你们相见！ ⟶ □□

库珀岛的多多

2024年12月15日

冒险风格测试

你想不想像甘妮和尼妮一样，到故事王国里去冒险呢？下面是三组不同的冒险类型，请在你喜欢的图下方框中勾选它，并说一说理由。

□ 我是世界上最大的生物！去小人国体验当巨人。

VS

□ 我是世界上最可爱的人！去大人国体验当玩偶。

□ 我想去白雪皑皑的世界里打雪仗。

VS

□ 我想在怪兽的城堡里享用晚餐。

□ 我想见一见可爱的库珀们。

VS

□ 我想见一见魔法图书馆的守护者托尼。

迷宫探险

如果能够找到正确的路径，你就可以和甘妮、尼妮一起前往幻想王国了。来，让我们一起出发吧！

名著聊天室

托尼邀请甘妮和尼妮加入聊天室。

尼妮，你照顾多多的样子，一点也不比姐姐逊色呢！

呼！多多虽然很可爱，但真是个捣蛋鬼。

你知道吗？这部作品刚问世的时候，作者被当成比多多更让人头疼的人物呢。

什么？作者写了这么有趣的作品，怎么会这样？真是受委屈了。

是啊！作者不仅创造了小人国、大人国，还有天才的国度勒皮他，智慧的马统治的彗骃国！连平时爱幻想的我，都无法预测书中充满想象力的冒险故事。

那是因为《格列佛游记》并不完全是虚构的。这本书里还包含了对当时社会和政治人物的讽刺和抨击。

讽刺吗？那是什么意思？

讽刺就是将人物或社会上的丑陋现象，以比喻、夸张等手法对其进行揭露、批评或嘲笑的意思。所以，对于当时的英国政客来说，这个作家的作品存在着严重的政治问题。

听了你说的事情，我对作家是个什么样的人，他的作品中表达了哪些主题，更加好奇了。托尼，请你告诉我们更多关于作家和作品的信息吧！

名家简介

乔纳森·斯威夫特

1667年11月30日—1745年10月19日
英国作家、政治家

乔纳森·斯威夫特，英国人，1667年生于爱尔兰。乔纳森的家境十分贫寒，他还未出生，父亲就已去世了。乔纳森在富有的叔父的资助下完成了自己的学业。从学校毕业后，他开始担任威廉·坦普尔爵士的私人秘书，并在法恩海姆的摩尔庄园居住。后来，他逐渐成为当时英国议会中最具影响力的政党托利党的党报《考察报》主编，政治评论家。乔纳森因其讽刺犀利的写作手法，遭到了英国政客们的抨击与牵制。但他始终没有退缩，依然积极从事政治活动。1714年，托利党的反对势力辉格党人执掌了内阁政权，没有立足之地的乔纳森回到了爱尔兰。此后，心灰意冷的乔纳森作为神职人员，一直守在教堂里。

直到有一天，乔纳森关注到了因贫穷而痛苦挣扎的爱尔兰人民。当时爱尔兰被邻国英国殖民统治，资源和粮食被大量掠夺。乔纳森决心为了爱尔兰人，做一些力所能及的事情。他发挥了自己的评论实力，为爱尔兰人制作了相关的宣传品，对残酷剥削爱尔兰人民的英国统治者提出了有力的控诉。乔纳森对自己的行为有着清醒的认知，并早已做好了被捕的准备。1726年，乔纳森出版了他的不朽的讽刺杰作《格列佛游记》。这本书不仅嘲讽了当时的英国统治集团，还讽刺了人类社会。

在《格列佛游记》中，有许多与当时英国相似的设定。例如，现实中的英国辉格党和托利党尔虞我诈，争权夺势，而在小人国利里浦特则是以鞋跟高低划分阵营，"高跟党"和"低跟党"钩心斗角，矛盾激烈，这也影射了英国官僚的党派之争。还有，乔纳森将英国对爱尔兰的殖民统治，表现为勒皮他对巴尔尼巴比的欺压。勒皮他仗着自己是一个飞岛国，便肆意地对处于飞岛下方的巴尔尼巴比进行剥削与压迫。一旦稍有叛逆，勒皮他人就将飞岛驾临到巴尔尼巴比的上空，阻隔阳光。

比起人们想听的故事，乔纳森更喜欢讲真实的故事。虽然因此遭受了诸多磨难，但也留下了大量的充满时代气息的优秀作品。

《格列佛游记》梗概

1

格列佛随“羚羊号”出航南太平洋，不幸中途遇险，漂到了小人国利立浦特。利立浦特人因害怕如庞然大物般的格列佛，把他紧紧地绑了起来。格列佛并没有反抗，他温顺的表现逐渐赢得了国王和人民的好感，也因此获得了衣服和食物。作为回报，格列佛利用自己的高大身躯，协助利立浦特抵御了不来夫斯古帝国的侵略。

6

最后，格列佛又来到由具有智慧的马——“慧骃”支配的国家“慧骃国”。在这里，供慧骃驱使的是一种类似人形的畜类——“耶胡”。耶胡生性贪婪、好斗，喜欢在田间寻找和争夺一种发亮的石头。在慧骃各种美德的感化下，格列佛一心想留在慧骃国生活。然而，格列佛的举止言谈在慧骃国的马民看来，只是一只有理性的耶胡，他的愿望最终没有实现。无奈之下，格列佛只好乘小船离开，重新回到了英国。

2

立下汗马功劳的格列佛得到了皇帝的信任，过了一段平静的日子。有一天，皇宫里突然起火，格列佛情急生智，撒了一泡尿把火扑灭。嫉妒格列佛的大臣们认为在皇宫里撒尿罪不可恕，提议将格列佛判处死刑。听到风声的格列佛，赶快逃到了不来夫斯古帝国。后来，在不来夫斯古帝国人的帮助下，格列佛平安回到了英国。

3

再次出海的格列佛，不幸又遇上了风暴。船被刮到了大人国布罗卜丁奈格，而且格列佛被一个高达20米的农民给捉住了。发财心切的农民带着格列佛到全国各大城市表演赚钱。演出非常成功，连布罗卜丁奈格的国王和王后也知晓了这件事。农夫趁机把格列佛卖给了国王和王后，因此格列佛就在布罗卜丁奈格的宫廷中生活了。

4

格列佛为了改变布罗卜丁奈格国王的治国想法，自豪地介绍起自己的祖国——英国各方面的情况及近百年来的历史。然而这些却一一遭到国王的抨击与驳斥。

布罗卜丁奈格国王嘲笑英国是个充满阴谋、杀人无度的国家。格列佛虽然很生气，但也只能忍耐。突然有一天，天空中的鹰错把格列佛住的箱子当成乌龟叼了起来。几只鹰在空中争夺，箱子掉进了海里。格列佛被路过的一艘船发现并获救，最后乘船回到了英国。

5

在家待了一段时间后，格列佛又随“好望号”出海了。这一次，格列佛所乘的船遭到了海盗船的劫持，格列佛侥幸逃脱，被一座叫“勒皮他”的飞岛救起。这里的人们相貌异常，衣饰古怪，整天沉思默想。格列佛还参观了岛上的“拉格多科学院”，这所科学院研究的都是些荒诞不经的课题。接着，格列佛来到巫人岛。岛上的总督精通魔法，能随意召唤任何鬼魂，格列佛因此见到了许多古代的名人。

穿靴子的猫
彼得·潘
绿野仙踪
爱丽丝梦游仙境
红发安妮
丛林之书

名著岛
亨塞尔与格莱特
王子与乞丐
美女与怪兽
海的女儿
木偶奇遇记
格列佛游记

图书在版编目(CIP)数据

跟着格列佛大冒险/(韩)智逌莉著;(韩)李景姬绘;赵英来译. —福州:海峡文艺出版社,2024. 12(2025. 1 重印)
(魔法图书馆)
ISBN 978-7-5550-3916-7

Ⅰ. Ⅰ312. 685

中国国家版本馆 CIP 数据核字第 20240AS743 号

跟着格列佛大冒险

[韩]智逌莉　著　[韩]李景姬　绘　赵英来　译

出 版 人　林　滨
责任编辑　邱戊琴
助理编辑　王清云
出版发行　海峡文艺出版社
经　　销　福建新华发行(集团)有限责任公司
社　　址　福州市东水路 76 号 14 层
电话传真　0591－87536797(发行部)
印　　刷　福州德安彩色印刷有限公司
厂　　址　福州市金山工业区浦上标准厂房 B 区 42 幢
开　　本　720 毫米×1010 毫米　1/16
字　　数　80 千字
印　　张　8. 25
版　　次　2024 年 12 月第 1 版
印　　次　2025 年 1 月第 2 次印刷
书　　号　ISBN 978-7-5550-3916-7
定　　价　29. 00 元

如发现印装质量问题,请寄承印厂调换